마가목 붉은 열매

마가목 붉은 열매

권효진 산문시집

學而思 | 학이사

1부 _ 나무가 거기에 서 있는 이유

2부 _ 다시 태어나는 순간

4부 _ 영원한 평화를 위하여

7

1부

나무가 거기에 서 있는 이유

고구마

생전 처음 고구마를 선물로 받은 기쁨은
말로 다 할 수가 없어요

달콤하고 부드러운 고구마의 맛을
말이나 글로 다 표현할 수 없는 것처럼
그 사람에 대한 내 마음을,
그 고마움을 다 쓸 수가 없어요

고마워요
고구마.

예쁜 고구마

예쁜 고구마를 찾으라는 게 말이 되나요
예쁘지 않은 고구마가 어디 있다고

크고 작은 고구마가 있기는 해도
예쁘지 않은 고구마는 하나도 없더라고요

고구마 상자 속에 들어간 고구마와
고구마밭에 남은 고구마는 뭐가 다른가요

빨갛거나 노랗거나 혹은 보라색이거나
예쁘지 않은 고구마가 어디 있나요

그러니 못생긴 사람을 놀리려고
'고구마같이 못생겼다' 고 하지는 말아 주세요

세상 모든 사람이 본디 그대로 곱듯이
세상 모든 고구마는 고구마 그대로 예쁘니까요.

행복한 고구마

우리 집에 있는 고구마는 행복합니다
내가 행복하니까요

문득, 그런 생각이 드네요
고구마가 있어서 내가 행복한 것 아닌가 하구요
행복한 고구마가 우리 집에 오는 바람에
덩달아 내가 행복해진 것 같아요

태초부터 행복한 고구마가 있었고,
그 고구마가 내게 행복을 주려고 나를 찾아왔다고 하면
당신도 나처럼 웃으시려나요?

땅콩

캄캄한 어둠 속에서도
꿈꾸는 법을 아는 씨앗은
땅속에서 고소한 이야기를 주고받는다

나뭇가지 높이 매달린 잣들이
하늘에서 들려오는 바람의 노래를 들을 때
땅콩은 땅속에서 들려오는
따뜻한 사랑의 노래를 듣는다

콩닥콩닥,
가슴 뛰게 하는 꿈을 키우며 자란다.

마가목 · 1

마가목 생각을 하니 보고 싶다
마가목이 지금도 그 자리에 있는 줄 알기에
그곳으로 가고 싶다
잎사귀가 얼마나 자랐는지,
나뭇가지는 또 얼마나 튼튼해졌는지 보고 싶다

그 마가목을 처음 만난 날은 봄이었다
아직 날카로운 바람이 살갗을 아프게 찌르던 날,
파리한 하늘을 배경으로 외로이 서 있던 마가목을 보고
나는 그 자리에 멈춰 섰다

무엇이 나를 그 자리에 멈춰 서게 한 것일까?

마가목을 자세히 들여다보았다
생김새를 이리저리 살펴보았지만
무엇이 나를 그 자리에 멈춰 서게 했는지는 알지 못했다

오늘 문득 그날이 떠올라
그 이유에 대해 다시 생각해 보았다

가던 길을 멈추고 마가목을 바라보게 한 것은
바로 마가목의 마음이었다
소리 없이 내게 전해져 온 마가목의 마음이
내 발걸음을 붙잡았던 것이다

지금 나는 낮은 동산 언저리에 홀로 서 있는
결 고운 마가목을 만나러 간다
두근거리는 마음으로 다가가
마가목의 마음을 들어볼 참이다.

마가목 · 2

어디로 가야 할지 길을 찾을 수 없을 때
나는 집 근처 동산에 오릅니다
거기에는 어디에도 가지 않고
가만히 제 자리를 지키는 나무들이 있고,
그 가운데 마가목이 있습니다

몇 그루의 마가목들 가운데서도
유독 내 마음에 들어오는 마가목 한 그루가 있는데
그 마가목이 바로 나인 것 같습니다

아무 데도 가지 않고,
그 자리에 서서 잘 살고 있는 마가목을 보고 돌아오면
나는 또 내 자리를 찾아 뿌리내릴 마음이 듭니다
그렇게 멀리 가지 않고도 뿌리내리는 방법을 배웠으니
나는 오늘도 고맙습니다
마가목은 말 한마디 하지 않고 내게
뿌리내리는 법을 가르쳐 주었으니까요.

마가목 · 3

나무는 뒤돌아보지 않는다
오직 현존할 뿐이다
다만, 나무 앞에 서 있는 사람만이
지난 시절을 돌아볼 뿐

'지난여름엔 그리도 푸르더니 이제 잎이 물들었구나' 하지
말고,
'곱게 물들어 참 어여쁘구나' 하면 좋으련만

마가목은 오늘도,
바로 지금 이 순간도,
그저 제 모습을 다 드러내며 서 있을 뿐이다

이것이 바로 현존이다.

마가목 붉은 열매

잎이 다 떨어진 마가목 가지에
붉은 열매만 조롱조롱 달렸다

낮은 곳에 서서
맨 꼭대기에 있는 가지를 올려다보니 열매는
파란 하늘 한가운데 붉은 구슬처럼 박혀 있다

아무 데도 가지 않은 마가목은
일 년 내내 하늘을 우러르며
하늘 한가운데
빛나는 보석을 새겨 넣었던 것이다.

나무가 거기에 서 있는 이유

나무가 그 자리에 서 있는 이유는
내가 지금 존재하고 있음을
깨우쳐 주기 위해서다

나무를 바라볼 때
나는 나무 앞에 서 있는
나를 깨닫는다

나무에게 다가가
나무를 더 깊이 바라볼 때
나무는 내가 왜 거기에 서 있는지
알게 해 준다

그것이 바로 나무가 존재하는 이유다.

버드나무숲에 사는 바람

바람이 먼 곳을 돌아
버드나무 숲에 머무는 까닭은 단 하나다
그것은 바람을 잠재우는 법을 아는 버드나무를 잘 알기 때문이다
그 버드나무만이 바람을 잠재우는 법을 알아
성난 파도처럼 소요하고,
때로는 길 잃은 방랑자처럼 떠돌던 바람을
버드나무가 붙잡아 주었기 때문이다

버드나무 숲에 깃든 바람은 비로소 고요를 배웠다
온 세상을 떠돌던 바람이 버드나무 숲에 깃든 이후로
숲의 새들이 지저귀며 노래하기 시작했는데,
그 노래를 들은 바람이 기뻐하며 춤을 추었다.
그러자 버드나무 숲의 수많은 잎들도 바람을 따라 춤췄다
바람에게 기뻐하는 법을 가르쳐 준 버드나무 숲을 지나갈 때마다
사람들은 기쁨을 느꼈다

기쁨을 맛본 사람들은 버드나무 숲을
'춤추는 바람의 숲' 이라 불렀다

그리고 바람을 품어준 버드나무와
노래하는 새들이 다 같이 즐거운 한때를
'숲의 고요한 시간' 이라 했다

버드나무 숲의 가장 평화로운 시간을 지그시 바라볼 때
사람들은 춤추는 바람의 숨결을 느낄 수 있었다
살랑살랑, 살랑살랑.

산딸나무 아래에서

비 내리는 한적한 공원 산책길
저만치 산딸나무 아래 선 고양이 한 마리
나무 위를 올려다보고 있다

무얼 보는 걸까?
가까이 가보니 거기엔
하얀 산딸나무 꽃잎이 빗방울에 흔들리고 있다

내리는 비에 몸이 젖는 것도 아랑곳하지 않고
내가 다가가도 무심하게,
비에 젖는 꽃잎만 바라보던 고양이가
문득 생각난 듯 홱, 고개를 돌려 나를 보았다

그 빛나는 눈망울과 마주친 순간
나도 모르게 숨을 멈췄다

그때서야 나는 툭, 툭,
빗방울이 내 우산 위에 떨어지는 소리를 들을 수 있었다.

산딸나무 아래 흰 고양이

고양이는 말이 없네
초롱한 눈망울로 나를 쳐다보는 고양이
아무 말 없이 고요하기만 하네

언제부터 그곳에서 나를 기다리고 있었던 것일까
아무도 오지 않는 비탈의 산딸나무 아래
흰 고양이 한 마리 오도카니 서서
나를 쳐다보고 있네

산딸나무 가지에는
눈처럼 하얀 꽃들이 곱게 피어
열매 맺을 꿈을 꾸고 있고,
고양이는 흰 꽃마냥
나를 쳐다보고 있네.

은사시나무의 비밀

누군가가 은사시나무에게 물었다
"당신은 어떻게 해서 그렇게 빛나는 수피를 가지게 되었나
요?"

"그건, 나도 모릅니다. 내가 아는 것은,
내가 태어나기도 전에 나 스스로가 은사시나무가 될 것을
선택했다는 것입니다."

"당신이 선택했다구요?"
"그래요. 나는 지금 이 자리에 은사시나무로 서 있을 것을
미리 계획하고 약속했기 때문에
여기 이렇게 있는 거라오."

"당신의 말을 믿을 수가 없어요."

"그렇다면 당신은 무엇 때문에 이 세상에 태어났는지 아시
오?
당신이 그것을 알게 되면, 내 말이 진실인지 아닌지를 알게
되겠군요.
그렇지 않습니까? 그렇게 되면 그것은 더 이상 나의 비밀이

아니라 우리 모두의 비밀이 되겠군요. 어쩌면 그때는 이 세상
의 모든 비밀이 사라질 수도 있을 겁니다."

내 머리 위에 앉은 잠자리

내가 누구인지 모를 때
나는 잠자리를 쫓아다녔다
잠자리채를 들고
길고 긴 둑길을 따라
하염없이 걸었다

잠자리는 날개가 있어서
내가 다가가려 할 때마다
저 멀리 하늘 높은 곳으로 날아가 버렸다

그런데 지금은 잠자리가 나를 쫓아다니다
내 머리 위에 앉아 있다
이젠 나도 내가 누구인지 알았기 때문이다.

조각보를 만들며

한 땀, 한 땀 시간을 꿰어 잇다 보면
한 조각, 한 조각 하루가 이어진다
조각이 이어져 지평을 만들 때
새싹이 돋아나고, 잎이 무성해지고
어느새 잎이 물들고, 코끝이 시리다

한 땀, 한 땀 바느질로 계절을 다 잇고 나면
색과 색이 들어앉아
소곤소곤 얘기를 나눈다
다시 또 봄이 올 거라고.

지금 우주에서는 무슨 일이 벌어지나

별똥별이 떨어지던 날 밤, 아직 어린 나는
날이 새면 그 별이 어디에 떨어졌는지
보러 가야겠다고 다짐하며 잠이 들었다

그 별이 떨어진 뒤에도 수많은 별들이 떨어졌는데
나는 단 한 번도 별똥별 떨어진 곳을 찾아가 보지 못했다

어디선가, 아무 데도 가지 않고
별똥별 떨어진 것을 본 사람은 참 좋겠다

너무 멀어서 나는 가보지 못한 그곳을
나 대신 봐주어서 고맙다고 해야겠다.

2부

다시 태어나는 순간

하모니카를 잘 부는 여인

푸른 옥수수밭을 지날 때 그녀가 말했다
'저기, 꾀꼬리!'
그녀가 말한 꾀꼬리는 옥수수 꽃대였다
'꾀꼬리가 자라야 옥수수가 열려요'

그때 나는 하모니카 생각을 했다
하모니카를 잘 부는 여인이 마치 꾀꼬리인 것처럼 생각되었고,
그녀가 부는 하모니카가 왜 그런 모양으로 생겼는지도 알 것 같았다

옥수수밭을 지나면서 나는 그 속에 꾀꼬리와
꾀꼬리의 노래가 숨어 있다는 것을 그때 처음 알았다
하모니카를 잘 부는 여인도 그 어딘가에 숨어 있었던 것이다.

그림자놀이

내가 어디를 갈 때마다
그림자가 나를 따라다닌다
내가 무엇을 하든 항상 나와 함께한다
가끔은 내가 그림자와 함께 있다는 것을 잊어버려서
그림자가 내게 손짓을 하기도 한다

눈이 부시게 햇살이 맑은 날엔
그림자가 더욱 선명해지는데,
그건 햇살이 그림자가 어디에서 왔는지
깨닫게 해주기 때문이다

내가 온 곳도, 그림자가 온 곳도
모두 한 점, 우주에서 왔으니
그림자랑 나랑 언제나 함께 사는 것이다

그러니까 우리는 그림자를 볼 때마다
다정하게 속삭여야 한다
'우리 사이좋게 잘 놀자' 고.

도시락 가방

화창하게 맑은 날
도시락을 챙겨 소풍을 갔습니다

도시락에 무엇을 담을까 생각하는 순간부터
들뜬 마음이었습니다
도시락을 준비하는 내내 행복했고,
도시락을 들고 걸어가는 동안에도,
도시락을 먹을 때도 행복했습니다

집으로 돌아와
빈 도시락을 깨끗이 씻으면서
또 소풍 갈 생각을 할 때도 좋았습니다

아직 가보지 않은 곳이 많지만,
그게 중요한 것은 아닙니다
갔던 곳을 또다시, 여러 번을 가도
도시락 가방을 들고 가는 소풍은 매번 즐겁기만 합니다
그래서 도시락 가방에게 감사합니다

나에게 도시락 가방을 선물해 주신 그분께 감사드립니다

도시락에 먹을 것을 담아
즐겁게 소풍 갈 수 있게 해주셔서 또한 감사합니다

도시락 가방은 나에게
감사드리는 법을 가르쳐 주었습니다.

보퉁이와 모퉁이

보퉁이를 든 한 사람이 모퉁이를 돌아간다

멀리서 그를 지켜보던 사람이
그 사람의 보퉁이를 본다
그 두 사람을 뒤에서 바라보던 또 다른 한 사람은
모퉁이를 보고,
앞서가는 두 사람이 모퉁이를 돌아서고 나면
무슨 일이 생길 것인지 상상해 본다

아무도 보퉁이를 들고 모퉁이를 돌아가는 그 사람이
무슨 생각을 하는지에는 관심이 없다
그 사람이 왜 보퉁이를 들고
그 모퉁이 길을 가고 있는지에는 아무 관심이 없다

그래서 보퉁이를 든 사람은
혼자서 길을 가는 것이다.

내게 온 구름

어제도 가끔 흐렸다가 맑았지

구름이 내게 잠깐 왔다 갈 때
말해 주더군

어쩌다 가끔 흐렸다가 비가 오기도 하고
다시 개는 게 인생이라고

구름은 그걸 가르쳐 주려고
내게 왔다 간 거였어.

구름은 어디로 가는가

도무지 알 수 없던 구름이 내게 말을 걸어 왔네
아직 떠날 시간이 멀었다고 생각했는데
구름은 벌써 떠날 채비를 다 마쳤다 하네

내가 너를 만난 것은 신神의 뜻이었다네
신께서 나를 네게로 보내셨으니
너는 나를 생각하지 말고
신의 마음을 생각해 주기 바라네

너는 아직도 신의 마음을 다 헤아리지 못하니
내가 떠나고 나거든 신께 여쭤보려무나
신께 여쭙는다면 바로 신께서 대답해 주실 거야

나는 이제 나를 보내신 그분께로 돌아가니
다시 나를 만날 수 있는 그날을 기다려주오
신께서 우리를 만나게 해 주셨듯이,
다음에도 다시 만날 수 있을 거라네
신과 내가 한 몸이듯이
너 또한 신과 한 몸이니,
우리는 언제나 신의 품속에서 함께 있을 거야

나는 오늘 구름의 마음을 듣고
구름이 가는 곳을 알 수 있었네.

강물 예찬

아무도 강에게 말을 걸지 않을 때
강을 찾아간 버드나무 씨앗이 있었다

강에게 인사를 건네자
강은 버드나무 씨앗에게 자기랑 같이 있어 주지 않겠냐고
물었다
그래서 버드나무 씨앗은 강가에서 살기로 했다
강가에서 살기 시작한 버드나무 씨앗은 잘 자라 물버들이
되었다

물버들이 커다란 가지를 드리운 뒤부터
강에는 고니가 찾아오고,
원앙이도 찾아왔다
강가에 사는 모든 새들이 물버들 위에서 쉬었다가
하늘 높이 날아올랐다

물버들은 강물이 잘 흐를 수 있도록
'푸르륵' 가지를 흔들며 응원해 주었고,
새들은 노래를 불러 주기도 했다
강물이 기분 좋게 흐르니까

강에 사는 물고기도 신나게 꼬리를 흔들었다
물고기들이 멋지게 솟아오르며 춤을 출 때도 있는데
그 순간에는 비늘이 빛나는 보석처럼 눈부셨다

강이 얼마나 친절한지 잘 아는 물고기들과 새들과 나무들은
날마다 강에게 고맙다고 인사를 했다
그래서 사람들이 강가에 가면
자기도 모르게 깊은 행복감을 느끼는 것이다

나무와 새들과 물고기들이 모두 강에게
고맙다고 하는 말은 사람의 귀에는 들리지 않고,
오직 마음 깊은 곳에 달린 귀만 알아들을 수 있다

자연自然이 서로에게 고맙다고 하는 소리를
다 알아듣는 귀 밝은 마음은 환한 미소로 대답할 뿐이다.

하나의 강

한 번도 가보지 않은 강은 없다
모든 강은 하나로 이어져 있기 때문이다

강의 이름이 모두 달라서 서로 다른 강이라 생각하지만
그 강을 이루는 물은 모두 한 곳에서 나온 것이다
오직 하나의 하늘에서 내려온 물방울들이 모여 이룬 강물
이니,
이름이 다르고, 나라가 다르고, 물빛이 다르다고 해서
그 물이 서로 다른 것이 아니다

세상의 모든 강물은 한 하늘에서 생겨난
하나의 물이다
그러니까 한 번도 가보지 않은 강은 없는 것이다

내가 다 가보지 못한 먼 나라의 물이
나를 만나기 위해
내가 있는 곳으로 와서 흐르고 있는 것이다.

꽃바구니

하얀 드레스를 입은 어린 소녀가
신랑 신부의 앞장을 서며 꽃잎을 뿌린다
싱그러운 장미꽃잎을 가득 담은 바구니를
가슴에 꼭 껴안은 소녀는
조심조심 걸으며 꽃잎을 흩뿌렸다
소녀가 걸음을 옮길 때마다
사방에 향기로운 꽃수가 놓였다

나는 나의 길을 걸어오는 동안
무엇을 뿌리며 살아왔는가?
내 마음 바구니 안에는
지금 무엇이 들어 있나?

나도 어린 소녀처럼
향기 가득한 꽃바구니를 안은 채 걸어보고 싶다
사뿐사뿐 걸으며,
내 길 위에 어여쁜 꽃수를 놓고 싶다.

피리 부는 소년 이야기

옛날 옛적 피리를 잘 부는 소년이 있었다
피리를 잘 부는 소년이라 하여 사람들은 그를 '피리 소년'
이라 불렀다
사람들은 그 소년의 진짜 이름을 알려고도 하지 않았다.

피리 소년은 자신의 이름이 있음에도 불구하고
사람들이 자신을 '피리 소년'이라 부르는 것이 싫지 않았다
왜냐하면 피리 잘 부는 재주를 자랑하고 싶은 마음이 너무
나도 컸기 때문이다
사람들이 '피리 소년, 피리 소년' 하고 자신을 부를 때마다
어깨가 으쓱해지고 기분이 좋아졌는데,
그게 아주 자연스럽게 되면서부터 소년은
자신의 진짜 이름이 무엇인지 잊어버리게 되었다

어느 날엔가, 피리 소년은 먼 길을 여행하다가 고향집으로
돌아갔다
오랜 세월을 방랑하다가 무척 오랜만에 부모님을 만난 것
이다
부모는 늙고 병들었지만, 자신의 아들을 알아보았다
아버지는 아들을 보자마자 '모세야' 하고 불렀다

소년은 아무 대답도 하지 않았다

그러자 어머니가 '모세야, 아버지께서 부르시지 않니?' 하고 말했다

그제야 피리 소년은 자신의 진짜 이름이 '모세'였다는 것을 깨달았다

'그래, 내 이름이 모세였지.

너무나 오랫동안 떠돌아다니느라 내 이름조차 잊고 살았구나.'

피리 소년은 그제야 '예, 아버지.' 하고 대답했다

피리 소년 이야기는 집을 떠난 지 너무 오래된 여행자들에게 전해지는 이야기로,

자신의 진짜 이름이 무엇인지 한 번쯤 되돌아보라는 뜻이 담겨 있다.

詩에 대한 이해

詩에 대해 내가 오해하고 있었어요
그래서 詩와 나는 오랫동안 이별한 채로 살았지요
詩에게는 아무런 잘못이 없어요
詩는 언제나 그 자리에 있었는데
내가 詩를 오해했어요
모두가 내 잘못이에요

그 오랜 세월,
나의 詩는 나를 만나지 못해서 외로웠을까요?
나를 기다리느라 지쳤을까요?

아니요,
詩는 언제나 그 자리에서,
본래 모습 그대로
나를 기다리고 있었어요
내가 오해를 풀고,
자기를 있는 그대로 받아들여 주기를
마냥 기다리고 있었어요

있는 그대로의 詩와

있는 그대로의 내가 만나는 순간,
나는 '이해理解'라는 말의 참뜻을 알게 되었습니다.

날개

나비에게 날개가 있듯이
나에게는 시詩가 있다

가만히 눈을 감고,
고요하게 마음을 가라앉히면
내 마음속에서 날개가 돋아난다
나비의 날개 같은 날개가
내게도 돋아나는 것이다

날개가 돋고 나면
나도 나비처럼 훨훨 날아오른다
날아오르는 나를 보는 내가 미소 지을 때
고운 날개 한 쌍이 詩로 남는 것이다.

지독하게 미운 사람

지독하게 미운 사람이 있거든
그 사람이 바로 자신인 줄 알아라

지독하게 누군가가 밉거든
그 사람이 바로 자신인 줄 알아라

지독하게 미운 누군가가 있거든
내 안에 그 사람이 있구나 생각하라

그러면 용서하는 법을 배우게 된다.

우주의 별만큼 많은 詩

똑, 똑, 똑, 문을 두드리면 문이 열리듯이
톡, 톡, 톡, 꽃잎을 건드리면 꽃잎이 떨어지듯이
고운 꽃잎 같은 詩가
저 하늘에 빼곡하게 수놓여 있다가 내게로 떨어집니다

밤하늘이 온통 꽃을 닮은 별들로 가득하여
깊은 밤엔 하늘이 꽃밭 같습니다

모두가 잠든 고요한 밤
나는 하늘꽃밭에서 꽃 한 송이 따다가
내 마음의 꽃밭에 옮겨 심습니다
그러면 그 꽃이 피어나 내게 詩를 선물해 줍니다

별이 꽃이 되고
꽃이 詩가 되는 순간
나는 내가 별이고,
내가 꽃이고,
내가 詩라고 느낍니다

우리 모두가 별이듯,

우리 모두가 꽃이고,
우리 모두가 詩입니다.

다시 태어나는 순간

사무치는 그리움이 무엇인지
알만한 나이가 되면
잡으려고 애쓰는 그 무엇들이
모두 허망한 물거품인 줄도 알게 된다
그리움조차 그런 것인 줄 알게 된다

본디 그리움이란 없는 것인데
그립다 하여 사무치는 것이니
세상 사는 동안 사무치는 그리움 때문에
죽을 것처럼 고통스러울 때는
그것들이 모두 물거품인 줄 알고 놓아라

도무지 너무 아파서 죽을 것 같은 순간에
다시 태어나는 순간이 있음을 알리라.

곱게 물들어야 하는데

시월 이십칠일 오후
목계나루 앞 목계반점에서
눈빛 맑은 안주인이 깎아준 단감을 먹고,
잘 삶아진 땅콩을 까먹으며
정다운 이야기를 듣는데
가을 햇살같이 가슴에 스미는 한마디

"올가을에는 벚나무 이파리가 참 이상하게 말라 가지 뭐야."
"그러게요. 곱게 물들어야 하는데…"

구월 아침 안개에게

구월 이른 아침
자욱한 안개가 세상을 모두 삼켜버렸다
그래도 가지 않을 수 없는 길,
나는 눈을 비비며, 조심조심 길을 더듬었다
그렇게 가다 보니 아득하던 길도 차츰 보이기 시작했다

강조차 자욱한 안개에 휩싸여 보이지 않지만
그래도 강물은 어제처럼 무탈하게 흐를 테지

자욱하게 세상을 휘감은 안개는 점점 기고만장해져
두려움에 쪼그라든 내 마음까지 집어삼킬 기세더니
해가 조금씩 높이 솟아오르자 슬금슬금 뒷걸음질 친다
그러다 모든 것이 꿈이었던 것처럼
한순간에 사라져 버렸다

구월 이른 아침,
안개 속을 헤치고 나온 나는 겨우 한숨 돌리며
또다시 안개를 만나면 해 줄 말을 찾는다

안개야, 네가 아무리 그래봤자

나도, 강물도 갈 길 잘 찾아갈 테니
너는 아무 걱정 하지 마라
아무것도 걱정하지 마라.

3부

영혼의 이름

누가 물으면

어디를 가느냐고 누가 물으면
내 이름을 찾으러 가는 중이라고
대답하리다

당신 이름은 이미 있지 않습니까? 하고 물으면
그것은 내 육신의 이름이지,
내 영혼의 이름이 아니라고 대답하리다

내 영혼의 이름을 잊어버린 까닭에
나는 지금 영혼의 이름을 찾으러 가는 길이라오
그것은 태곳적부터 있던 나의 이름인데
너무 오랜 세월 떠돌다 보니
까마득한 옛일처럼 아주 잊어버린 모양이오

한 가지 분명한 것은
육신의 이름이 수없이 바뀔지라도
영혼의 이름은 바뀌지 않는다는 것,
그것은 영혼이 영원히 죽지 않는 것과 마찬가지로
영원히 변하지 않는 이름이라오

당신은 당신 영혼의 이름이 무엇인지 아시오?

나는 더 늦기 전에 내 영혼의 이름을 찾으려고
길을 가는 중이라오
더 늦기 전에 그 이름을 찾아 집으로 가고 싶거든.

사막을 걷는 사람

사막을 걷는 사람이 있다
스스로가 원해서 사막을 걷는다
비 오고 바람 부는 곳이 싫어서
온종일 햇볕 쨍쨍한 사막으로 간 것이다

그 누구도 그의 등을 떠밀지 않았다
스스로 가고자 해서 그 길을 간 것이다

사막을 걷던 사람은 마침내
무더위와 갈증에 지쳐 쓰러졌다
그 순간 그는 후회를 한다

'아니, 도대체 나는 왜 이 끔찍한 사막에 왔단 말인가?'

한 번도 가본 적 없는 그곳

단 한 번도 가본 적 없는 그곳은
내 마음 가장 깊은 거기였음을

아무 데도 가지 않고도 갈 수 있는 그곳
세상에서 가장 먼 곳보다 더 멀고도 먼,
세상 그 어느 곳보다도 가까운 곳

단 한 번도 가보지 못한 그곳은
내 마음 가장 깊은 자리에 있으며,
내가 태어난 곳이요
내가 돌아가야 할 곳

이제 나는 홀로 그곳으로 가려 하나니,
내 이름일랑 묻지도 마라
내 이름조차 무의미한 그곳은
영혼의 한 자락 그림자조차도 따라갈 수 없으니,
나는 아침저녁으로 그 길을 홀로 걷는다.

꺼지지 않는 등불

바람 앞에 놓인 등불은 언제든 꺼지기 쉽다
바람이 세게 불거나 약하게 불거나 상관없이
바람 앞에 놓인 등불은 언제나 바람을 두려워한다

바람 앞에 놓인 등불은 바람과 함께 있으면서
바람을 두려워하고, 바람이 불까 걱정한다
끝없는 불안 속에서 온몸을 떨어야 한다

마음속에 밝힌 등불은 바람 걱정이 없다
바람이 불고 비가 쏟아져도 꺼질 걱정이 없다
누가 뭐라 해도 상관없다

마음 깊은 곳에 오롯이 밝혀 둔 등불은
영원히 꺼지지 않는 등불이니
마음 밖에 있는 등불을 좇아가지 말고
마음 안에 등불 하나 밝힐 줄 알아야 한다

영원히 꺼지지 않는 등불 하나 밝히면
그 어떤 어둠도, 비바람도 걱정이 없다
그게 바로 평화요, 안식이다.

유아독존唯我獨尊

고독한 영혼은 아름답다
홀로 완전함을 깨달았기 때문이다
그의 이름은 고타마 싯다르타

세상의 모든 고독한 영혼들이
그의 제자이며
그들은 모두 홀로 완전한 등불이다

그러므로, 진실로 고독한 영혼은
누구도 외롭지 않다
결코, 외롭지 않다
그 '완전함' 속에는
모든 것이 다 갖춰져 있기 때문이다.

색심불이色心不二

뽀득뽀득
유리창을 잘 닦으면 창밖이 잘 보인다
유리창이 맑으면
창밖에서도 창 안이 잘 보인다

이것이 '색심불이色心不二'이다

유리창이 맑고 깨끗하면
유리창 안과 밖이 하나다
한세상이다.

사마리아 여인

나는 사마리아의 여인을 모릅니다
그런데도 나는 사마리아 여인 생각을 합니다
오래전에 헤어진 여인을 떠올리기도 합니다
어쩌면 내가 사마리아 여인인지도 모르고,
오래전에 헤어진 그녀가 사마리아 여인인지도 모릅니다
한때 우리는 모두 사마리아 여인이었거나,
그녀가 사랑한 한 남자였는지도 모릅니다

자신이 누구인지 알게 된다면
그 누구라도 사마리아 여인을 생각할 것입니다
그 누구라도 그녀가 자기 자신임을 알게 될 테니까요.

골고다 언덕의 예수

예수가 이 세상에 온 것은
피 묻은 몸을 보여주러 온 것이 아니다

그가 이 세상에 태어난 이유는
온몸을 바쳐, 생명을 바쳐
사랑을 일깨워 주기 위해서다

그가 생애를 다 바쳐 가르친 것은
오직 '사랑' 뿐이다

피 흘리며 죽어간 예수를 기억하지 말고
오직, 그가 가르친 것이
사랑뿐임을 기억하라

사람들은 자주 그 진실을 잊고
자꾸만 골고다 언덕에서 피 흘리며 죽어간
예수의 형상만 기억한다

이제 골고다 언덕의 예수가 주고 간 형상의 기억이 아니라

그가 남기고 간 사랑을 기억해야 할 때이다

그가 가르친 것은 오직 사랑뿐이었다.

한순간도 멈추지 않는

모든 것이 제자리에 놓인 채로
아무 일도 일어나지 않는 것 같지만
한순간도 멈추지 않고
가만히 있는 것은 없다
세상 모든 것이 움직이고 변하듯이
나도 또한 날마다, 매 순간 변하고 움직인다

살아있는 것이든, 죽어있는 것이든
한순간도 멈추지 않는 것이
바로 우주이다
그러니 우리 모두가 우주인 것이다
우주를 그대로 닮은,
또 하나의 우주인 것이다.

꽃으로 피어나는 말

말이 꽃처럼 고울 때
그 말은
듣는 사람의 마음에
꽃 한 송이 피워 올립니다

당신이 사랑한다는 말을 할 때마다
그 말을 듣는 영혼의 뜰에는
빛을 담은 꽃 한 송이 피어납니다

아름다운 꽃향기 소복소복 쌓일 때
당신과 그 사람의 영혼은 마치 천국에 있는 듯
행복하다고 말할 겁니다

꽃처럼 고운 말 한마디 건네 보세요
그 말을 하는 당신의 영혼이
가장 먼저 빛나게 될 것입니다.

버려야 할 것들

버려야 할 것과
버리지 말아야 할 것을
알아가는 것이 인생인 줄
나는 이제야 알았네

저세상으로 가는 순간에
내가 가지고 갈 수 있는 것은
오직 마음 하나뿐이니

마음 밖에 있는 것은
모두 버려야 할 것들뿐인 줄
이제야 알았네

이 세상 사는 동안
잠시 빌려 쓰는 모든 것들에 감사하며,
신세 진 모든 사람들과 사물들에 감사하며
아름답게 떠날 줄 아는 것이 참삶인줄
나는 이제야 깨닫네.

냇가에 가보아라

거짓 없이 살아간다는 것은
자신을 속이지 않는 것

다른 사람을 속일 수는 있어도
자기 자신을 속일 수는 없다

자기 자신을 속이지 않고 사는 것이야말로
진정, 거짓 없이 사는 것

아무도 없는 깊은 산속에 홀로 있을 때
자기 자신을 속이지 않고 사는 것처럼
세상 사람들 속에서 살아가더라도 자신을 속이지 않고,
또한 남도 속이지 않고 살아가는 것이 참삶이다

거짓을 보고도 흔들리지 않는 마음이야말로
진정한 자기인 줄 아는 것이
거짓 없는 마음으로 사는 것이다

거짓 없는 마음이 궁금하거든
맑은 물이 흐르는 냇가에 가보아라.

보헤미안의 침묵

아주 오래전부터 우리는 보헤미안이라고 불려 왔지
한곳에 머무르지 않고
끊임없이 여행을 떠나는 우리들을 사람들은 그렇게 불렀고,
우리는 우리가 보헤미안으로 불린다는 사실을
오랜 시간이 지난 뒤에야 알았다네
사람들이 우리를 뭐라고 부르든, 그것은 상관할 바 아니야
그저, 우리가 어디를 향해 가고 있는지가 중요할 뿐이지
한 번도 떠나본 적 없는 사람은
끊임없이 유행遊行하는 사람의 여정을 이해하지 못하지
그렇기 때문에 우리는 왜 길을 떠나는지 말할 수가 없다네
설사, 길을 떠나는 이유를 말해준다 해도 그들은 이해할 수
가 없을 테니까
그리고 우리는 이미 오래전부터 길을 떠나는 이유에 대해
말하지 않기로 했다네
그것은 우리들만의 약속이야
어디로 가는지는 아무도 모르지
오직 신神만이 그 길을 알 뿐
우리는 그저 신이 내어주는 길을 따라갈 뿐이야
그것이 진정한 보헤미안의 길이라 할 수 있지.

영혼의 이름

바람이 부는 곳으로 걸어갈 때
바람이 내게 물었다
 '네 이름은 무엇이니?
내가 이름을 말해 주었지만
바람은 고개를 저었다

 '그것은 네 진짜 이름이 아니야,
 그 이름은 잠시 빌려 입은 육신의 이름일 뿐이지.'
 바람은 그렇게 말하며 부드럽게 내 머리칼을 쓸어주고 떠
났다

 바람이 부는 곳으로 걸어가면 바람을 만나듯이
 내가 누구인지,
 내 영혼의 이름이 무엇인지 알기 위해 걷다 보면
 언젠가는 진짜 내 이름을 알게 되겠지
 그때 바람이 또다시 내 이름을 물어본다면
 나는 친절하게 내 영혼의 이름을 말해 줄 것이다
 그러고는 나도 바람에게 물어볼 것이다

 '바람아, 네 영혼의 이름은 무엇이니?'

4부

영원한 평화를 위하여

우리 같이

너는 결코 혼자가 아니야
우리가 있잖아

네가 혼자라고 느껴질 때마다
우리를 생각해 봐
우리가 이렇게 가까이에 있는데
어떻게 네가 혼자일 수가 있니?

네가 혼자라고 느껴질 때마다
우리를 생각해 봐
모두가 똑같이 혼자인 것처럼 살아가지만
우리는 언제나 함께하고 있는 거야
다만, 그렇게 생각하지 않았을 뿐이야

혼자라서 힘들 때마다
우리에게 물어봐
'나는 왜 혼자인 거지?' 라고
우리에게 물어봐
그러면 우리가 대답해 줄게

너는 결코 혼자가 아니야.

내가 너를 바라보듯이

내가 너를 바라보듯이
너도 나를 바라봐 주면 좋겠다

어디를 가든, 무엇을 하든
내가 항상 너와 함께 있다는 마음으로
살아주면 좋겠다

어디에서 무슨 일을 하든
내가 너와 함께
그 일을 돕고 있다고 생각해 주면 좋겠다

어쩌다 곤궁한 날이 오더라도
네 마음에 항상 내가 있음을 기억해 주면
참 고맙겠다

내가 너를 바라보듯이
너도 나를 그렇게 바라봐 주면 좋겠다

깊고도 그윽하게
넓고도 따뜻하게.

네가 내게 말을 걸어올 때

네가 내게 말을 걸어올 때
나는 맑은 빗방울 하나가
꽃잎 위에 떨어지는 순간을 떠올린다

네가 내게 말을 걸어올 때
나는 내 마음 가장 맑은 자리에
빗방울 하나 떨어지는 소리를 듣는다

네가 내게 말을 걸어올 때
나는 세상에서 가장 따뜻한 바람이
내 마음에 와닿는 것을 느낀다

그대, 맑은 영혼의 아이야!
내게 순수의 말을 건네다오
다정한 목소리로 안녕하냐고 말을 걸어다오

오직, 그것뿐이다
나는 네가 내게
다정한 말 한마디 건네주길 기다릴 뿐이다.

너는 오직 기쁨이다

세계와 세계가 만날 때 네가 태어났다
구름 속을 헤치고 나온 밝고 둥근 달처럼
너는 나에게로 왔다
그리하여 너는 기쁨이다

네가 세상에 태어난 그 순간
나는 너를 통해 세상을 보고
너를 통해 나를 만난다

너는 나의 하나뿐인 사랑,
너는 나의 완전한 기쁨이다

네가 있어 내가 있고,
너를 통해 내가 살아가니
너는 나의 기쁨이요,
나의 전부이다.

네가 바로 사랑이다

사과나무에
빨간 사과가 주렁주렁 열렸다

빨간 사과야
네가 바로 사랑이다

네가 바로 붉은 사랑이다.

네가 바로 등불이다

어두운 길 홀로 걷고 있을 때
네 생각이 난다
웃음 지으며 내게 손짓하는 너는
환하게 빛나는 등불이다

내가 너를 생각할 때마다
너는 더욱 밝고 환하게 빛이나
나는 자꾸만 네 생각을 하게 된다

너는 나의 등불이다
네가 있어서 나는 오늘도 길을 간다
환한 너를 따라 내가 간다
언제나 너와 내가 함께 가는 것이다.

어디를 가든 오직 하나의 태양이 세상을 비추듯

오직 나 혼자만이 세상을 사는 것 같을 때
하늘을 보아라
어디를 가든 하늘이 보이지 않느냐?
그때 하늘이 보이지 않는다면 하늘이 보이는 곳으로 가라
그러면 하늘이 네게 말을 걸어줄 것이다

아이야!
아무 걱정 하지 마라
눈을 뜨면 해가 비추는 것이 보이지 않느냐?
눈을 뜨면 하늘이 너를 품어주고 있지 않느냐?
그때 내가 너와 같이 있음을 느껴 보아라

내가 언제나 너와 함께하고 있단다
어디를 가든 내가 너와 함께하고 있단다

사랑하는 아이야!
내가 하늘처럼 너를 품고 있으니
아무 걱정 하지 마라
내가 해처럼 너를 비추고 있으니
아무 걱정 하지 마라

우리가 언제나 같이하고 있음을 한순간도 잊지 말아라
아이야, 사랑하는 내 아이야!

둥지를 지키는 어미새의 하루

둥지를 지키는 어미새의 마음은
온통 새끼들을 생각하는 마음 하나뿐입니다

어떤 새끼들이 태어날지 생각하면
하얗고 조그마한 알들이
세상 무엇보다 소중합니다

새끼를 기다리는 어미에게
기다리는 마음은 온통 사랑입니다
사랑뿐입니다

어미새는 그 사랑으로 알을 품고,
알에서 깨어날 새끼들을 기다립니다

오직 사랑의 마음으로 기다릴 뿐입니다.

온기溫氣

한기가 유독 깊은 날에는
따뜻한 방바닥에 앉고 싶지만
무릎이 아파서 바닥에 앉기 힘든 어머니
소파가 앉기 편하긴 해도
따뜻한 방바닥의 온기가 마냥 아쉽기만 하시다
온기 없는 소파에 앉은 어머니
사르르, 발바닥에 전해지는 바닥의 온기가 새삼스러워
따뜻한 방바닥이 이리도 좋은 것인가, 하신다.

보듬어 주는 사람

누군가 지쳐 쓰러지려고 할 때
보듬어 주는 한 사람 있으면
얼마나 좋을까?

따뜻하게 손을 잡아주고
정답게 말을 건네 준다면
지친 마음에도 새로운 꽃이 피어날 거야

내가 힘들 때 누군가가 그랬던 것처럼
나도 누군가에게 그럴 수 있기를,
나도 언젠가는 보듬어 주는 사람이 될 수 있기를.

마주 보는 사람

지금 내 앞에 있는 사람은 나의 거울입니다
언제 어디를 가든,
내 앞에 있는 사람이 나의 거울인 줄 알면
거울을 들고 다닐 필요가 없습니다

지금 내 앞에 있는 사람은 바로 나입니다
미처 알지 못하던 내가 내 앞에 서 있습니다
그 사람을 가만히 들여다보면
오래전에 잊었던 내가 보입니다

아직 오지 않은 나도 그 사람 속에 있고,
이미 오래전의 나도 그 사람 속에 있고,
바로 지금의 나도 그 사람입니다

마주 보고 있는 사람은
언제나 바로 나 자신입니다.

앞서가는 사람

누군가 앞서가는 것은
그가 먼저 태어났기 때문이다
먼저 태어났기 때문에 앞서가고,
먼저 태어났기 때문에, 먼저 이 세상을 떠나는 것이다
그것뿐이다

잘 가고 싶은 사람은
앞서간 수많은 사람들 중에
누가 가장 잘 살다가 갔는지 알아보고
그 사람이 산 대로 따라서 살면 된다

잘 살다가
잘 떠난 사람의 길을 따라가면
누구라도 잘 살다가 잘 떠날 수 있다
그것이 앞서가는 사람이 존재하는 이유이다.

아버지의 마음

아버지는 자식에게
고맙다고 말할 수 있는
그때가 가장 행복한 순간이다

아버지의 마음을 자식이 알아줄 때
아버지는 세상을 다 얻은 것과 같다

아버지의 마음을 헤아려 주는 자식을 바라볼 때
아버지는 '이제 다 되었다' 고 한다
아무 걱정 없다는 뜻이다
그때 아버지는 아들에게 모든 것을
다 맡겨도 되겠다고 생각하는 것이다

이제 다 되었다.

창가에 놓인 모과

창가에 놓인 접시 위에 모과가 있다

모과가 놓여 있는 접시는 모과접시가 되고
사과가 놓여 있으면 사과접시가 된다
접시 위에 무엇이 놓여 있는가에 따라
접시의 이름이 바뀐다

모과와 함께 있는 동안에는 접시가 모과접시가 되듯
'나' 라는 접시 위에 사랑이 놓여 있으면
사랑접시가 된다

그러나 사랑이 크면 접시는 보이지 않고
오직 사랑 그 하나만 보인다

사랑이 더 커져
오직 사랑뿐인 것처럼 보일 때
사람들은 사랑이 놓였던 그 접시를 잊는다

오직 사랑 하나만 보이기 때문이다.

영원한 평화를 위하여

우리가 고요하게 숨 쉬는 그 순간의 평화가
오래도록 지속되기를

우리가 눈을 감고 있을 때 느끼는 그 안온함이
오래 지속될 수 있기를

우리가 서로 사랑한다고 말하는 그 순간의 기쁨이
오래 지속될 수 있기를

그 모든 순간의 고요와 안온과 사랑의 기쁨이
서로 어울려 영원한 평화를 이룰 수 있기를.

보은報恩

아무도 나를 바라보지 않을 때에도
나만 바라보는 한 사람
나를 세상에 태어나게 한 아버지
아버지만이 나를 지금까지,
단 한순간도 나를 떠나지 않고
나를 지켜보고 있었다

오래전 내가 먼 길을 떠날 때
애처로이 내 등 뒤에 서 계셨던 아버지
오늘도 내게 잘 있느냐고 안부를 물으신다

아버지의 사랑으로 태어났으니,
나는 아버지의 사랑이다

그런데도 나는 그걸 까맣게 잊고
사랑을 찾아 멀리 떠났다
다시는 고향에 돌아오지 않을 것처럼
아주 멀리 떠났다가 이제야 집으로 왔다

아버지가 기다리는 집에 돌아오니

아버지는 아직도 나만 바라보고 계신다

이제는 내가 아버지만 바라보고 살아야겠다
아버지가 나를 바라보았듯이
나도 오래오래 아버지 곁에서
아버지만 바라봐야겠다.

오래도록

오래도록 부드럽고 달콤한 바람만이 머무는 그곳에 머물게
하소서
오래도록 향기로운 꽃들과 벌과 나비들이 한데 어울리는
풍경을
그윽이 바라볼 수 있게 하소서

오래도록 누군가의 슬픔을 위로해 주고,
누군가의 아픔을 치유해 줄 수 있게 하소서

우리에게 주어진 모든 순간순간이 빛나는 축복이게 해 주
시고,
우리와, 함께하는 모든 만물이 평화롭게 하소서
이 모든 일들이 처음과 같이 언제나 영원하게 하소서
오래도록 계속, 한결같게 하소서.

2024년 10월 21일
권효진

마가목 붉은 열매

초판 발행 ┃ 2024년 12월 5일

지은이 ┃ 권효진
펴낸이 ┃ 신중현
펴낸곳 ┃ 도서출판학이사

　　출판등록 : 제25100-2005-28호
　　주소 : 대구광역시 달서구 문화회관11안길 22-1(장동)
　　전화 : (053) 554~3431, 3432
　　팩스 : (053) 554~3433
　　홈페이지 : http:// www.학이사.kr
　　전자우편 : hes3431@naver.com

ⓒ 2024. 권효진

ISBN _ 979-11-5854-550-5 03810